Junjo Romantica

Empfohlen ab 16

CHAOS DER GEFÜHLE

Der reiche aber einsame Akihiko ist Bestsellerautor und heimlicher Erotikromanschreiber zugleich. Aus Gefälligkeit gibt er einem Jungen aus der Unterschicht, Misaki, Nachhilfeunterricht. Recht schnell findet er aber mehr als nur Gefallen an seinem Schüler…

Junjo Romantica
Shungiku Nakamura

CARLSEN MANGA!

www.carlsenmanga.de

Special Thanks!

Hallo, guten Tag, ich bin Kyoko Aiba. Vielen Dank, dass Ihr Band 4 von »Kamisama Darling« gelesen habt! Jetzt sind wir schon bei Band 4 angekommen, das ging irgendwie alles so schnell! Und die Story entwickelt sich rasant weiter. Eine Göttin, die nicht zu den Sieben Glücksgöttern gehört, taucht auf, und Aoi fängt einen Job an.

Die schwierigste Frage in letzter Zeit war für mich, in welches Tier ich die neu auftretenden Götter jeweils verwandeln soll. Tiere so putzig (?) zu zeichnen ist gar nicht so einfach... (lacht)

Kyoko Aiba

Meinem Redakteur, den Designern, Mansei-san, Hakuya-san

HALT!

Dieser Comic beginnt nicht auf dieser Seite.

KAMISAMA☆DARLING ist ein japanischer Comic. Da in Japan von »hinten« nach »vorn« gelesen wird und von rechts nach links, müsst Ihr auch diesen Comic von der anderen Seite aufschlagen und von »hinten« nach »vorn« blättern. Auch die Bilder auf jeder Seite und die Sprechblasen innerhalb der Bilder werden von rechts oben nach links unten gelesen. Schwer? Zuerst ungewohnt, aber dann geht es ganz einfach. Probiert es aus!

Viel Spaß mit KAMISAMA☆DARLING!

FSC www.fsc.org
MIX
Papier aus verantwortungsvollen Quellen
FSC® C083411

CARLSEN MANGA

Aus dem Japanischen von Dorothea Überall
KAMISAMA DARLING Volume 4

First published in Japan in 2017 by KADOKAWA CORPORATION, Tokyo.
German translation rights arranged with KADOKAWA CORPORATION, Tokyo through TOHAN CORPORATION, Tokyo.
Redaktion: Britta Hellwig
Herstellung: Björn Liebchen

ISBN: 978-3-551-72229-4

MANGAKA
WERDE TEIL DER GRÖSSTEN DEUTSCHSPRACHIGEN COMMUNITY VON ZEICHNERN FÜR ZEICHNER!
LEHRREICHE ZEICHEN-TUTORIALS!
MANGAKA
Werde Mangaka in der größten deutschen Community von Zeichnern für Zeichner
Suche
START MAGAZIN FORUM GALERIE
ANMELDEN REGISTRIEREN
Einfach Gut Zeichnen
Mit Inga und Schneeballen
JETZT MITMACHEN!
DEIN WERK HOCHLADEN
52088 MITGLIEDER
JETZT REGISTRIEREN
MANGAKA ONLINE
TIPPS + TRICKS VON PROFI-MANGAKA!
TAUSCHE DICH MIT ANDEREN KREATIVEN AUS!
CARLSEN MANGA!
MELDE DICH JETZT KOSTENLOS AUF WWW.MANGAKA.DE AN!
www.carlsenmanga.de

U... ah...
G...
Guten Morgen!
?
...
SCHWUPP
SCHNIPP
Ah!!
!!
DURCHGESCHNITTEN?!
?!
?
...?!
Keine Sorge, der wächst wieder nach.
Aoi ...?
A... Ach, es ist nichts!!
AH HA HA HA HA!
Ohne den Faden gibt es auch keine Liebe...
Zumindest in diesem Sommer wuchs Daisukes roter Faden nicht wieder nach.
★KAPITEL 13.5★ENDE★

Hervorragend, dann mache ich weiter, bis du es sagst!
GRMPF
Neiiiin!!
AAAH!!
Guten Morgen, Aoi!
ICH KOMME DICH ABHOLEN!
SINN-LICHKEIT PUR
Guten Morgen, Daisuke.
RATTER
...

SCHLECK
AH!
PLOPP
Hah!
Mh!
ZUCK
ZUCK
Mmh!
Komm schon, sag, dass du mich lieber hast.
HAH...
HAH...
Mh?
V...
Vergiss es... !

Jedenfalls hole ich dich von morgen an...
Ich sagte doch, das ist nicht nötig!!
Was soll denn das?! Du hast doch mich erwählt und nicht ihn!
Das hab ich so nie gesagt!!
Hast du wohl.
UUH...
H... Hab ich nicht!
Warum machst du dann nur mit mir das hier?
W... Weil du mich immer dazu zwingst...
Jetzt gib es schon zu.
ZACK
Umpf!

... wenn Daikoku zum Café kommt, sind die weiblichen Gäste immer hin und weg...
... und mich macht das auch ganz nervös.
Er fällt total auf.
SCHNAUB
Sag mal!
Aber wenn ich ihm das sage, denkt er nur wieder, ich wäre eifersüchtig♡ oder so.
Hör mal, du hast ihm zwar einen Korb gegeben...
... das heißt aber nicht, dass der rote Faden einfach verschwindet.
Ach, nicht?
Der Faden wächst sofort wieder, wenn ihr weiter freundschaftlichen Kontakt habt.
ER HAT MIR EINEN KORB GEGEBEN...
PLOPP
ABER ICH LIEBE IHN EINFACH!
SCHWUPP
Waaas?!

KamiSama★Darling
KAPITEL 13.5
Also dann, bis morgen!
KLAPPER
Ja, Gute Nacht, Daisuke!
He.
WA-RUM bringt der dich schon wieder nach Hause?!
DU HAST IHM DOCH EINEN KORB GEGE-BEN?!
Was? Ach... Er wohnt doch gleich da vor-ne und kommt sowieso hier vorbei.
Ab morgen hole ich dich ab!
Waaas?!
Das ist doch echt nicht nötig?!
Denn ...

K...Kann es sein...
PITSCH
AUA!
AUTSCH!
PITSCH
Hör auf damit!!
Pah, er kann mich doch eh nicht sehen!
SCHWITZ
NIMM DAS!
UND DAS!
SCHWITZ
... dass er von Anfang an...
...
... nur gekommen ist, um sich mit Daisu-ke anzule-gen?!
Aoi... Irgendwie knallt mir dauernd was an den Kopf...
He, Aoi?! Was nimmst du den denn jetzt am Arm?!
A... Ach ja?!
Komm jetzt, wir kommen sonst zu spät!
★KAPITEL 13★ENDE★

Dann wird das ja hoffentlich gut gehen.
PITSCH
AUA!
?!!?!!
Sag mal?!
Was machst du denn?!
Ich kann ihn einfach nicht ab!
SCHNAUB
Spinnst du?!
A...
Aoi...?
Ah! Äh...!
Er ist doch nicht etwa eifersüchtig?!

Aoi! Wir kommen zu spät!
DING DONG
Ah, ich muss ja los!
DING DONG
Der schon wieder...
KLAPPER
AH!
Sorry, sorry, bin schon da!
Bin ich froh!
Daisuke verhält sich mir gegenüber ganz normal.

Und es ist doch als Ehemann quasi meine Pflicht, zu essen, was meine Braut mir kocht.
W...
Wozu denn dann das alles...!!!
Jetzt iss aber ordentlich!
DING DONG
Oh?
Aoi, bist du fertig?

BLINZEL
...
W... Waaas?! Gekocht?!
HE HE
Na klar! Was glaubst du, wen du vor dir hast?
Woah... Ist das lecker!
Na klar!
Ach so, du hast ja auch immer alleine gewohnt, oder?
Dann... kochen Götter auch selbst?
Nö. Wir essen doch eigentlich nicht.
Häää?!!
A... Aber wieso verschlingst du dann bei mir immer drei volle Mahlzeiten?!
UND ICH KOCH NOCH EXTRA FÜR DICH?!
Du nimmst doch auch Dinge zu dir, die nicht notwendig wären. Wein zum Beispiel, oder Süßigkeiten.

Ich vertraue dir doch.
Hey!
AUFSTEHEN!
Ich hab ge-kocht!

Daikoku …
Daikoku …
Es tut mir leid, wenn du Angst hattest.
…
Hatte ich doch nicht.

Mh...
AH!
...!
WHUPP
ZACK
FLUPP
Aah...
Und der Gedanke allein...
... erregt mich so sehr...
... dass ich meinen Körper nicht mehr unter Kontrolle habe.

Bisher...
... ist es immer einfach so passiert.
Aoi...?
Aber jetzt...
MH...
Jetzt...
Mmh ...?
SCHMATZ
HAH...
DRÜCK
... bin ich mir vollkommen bewusst, dass es Daikoku ist, der mich da anfasst.
Was ist denn, Aoi?

DRÜCK
AH... AH!
ZUCK
Du hast dich wohl schon dran gewöhnt, Aoi?
HAH...
ZUCK
MMH ...!
GLITSCH...
GLITSCH...
FLUTSCH...
Nicht ...
... da...
MH ...
Dein Körper reagiert jetzt viel schneller, hm?
Nein, ich... Ah!
AAH!
ZUCK
Das ist es nicht.
Nein.
Woah, das ging ja echt schnell!
MMMH!
ZUCK
PLITSCH...
PLITSCH...

Ah...
Hah...
Ah!
SCHMATZ...
SCHMATZ...
SCHMATZ...
ZACK
...!
ZUCK
ZUCK
Na, so was, schon so erregt?

Irgendwie macht mich das ein bisschen glücklich.
Aber mich hast du doch lieber, oder?
Jaja, sei doch jetzt mal still!
Nicht so schüchtern!
Echt... Was ist bloß los...
...mit mir...

Hatte Daikoku etwa Angst...?
So wie ich erst dachte, jemand aus der Götterwelt wäre ihm vielleicht lieber...
... dachte er wohl, ich hätte vielleicht lieber einen Menschen als Partner?
WA HA HA!
Aber kein Wunder, bei so einem tollen Typen als Liebhaber, wie ich es bin!
PATSCH
AUA!!
PATSCH
PATSCH
HA HA HA!
Da sieht jeder andere Mann doch wie eine Kartoffel oder ein Kohlkopf aus!
Also echt, so ein Quatsch!

War vielleicht gar nicht schlecht, dass er es gehört hat.
... !
ZIEP
Jeden-falls...
... bin ich froh, dass du dich nicht für ihn entschieden hast.
Was... ?
Na, er ist doch ein Mensch, so wie du!
Wenn du jetzt sagen würdest, ein Mensch wäre dir lieber...
... hätte ich kaum ein Argument dagegen.
Ich war echt erleichtert, dass du ihm einen Korb gegeben hast.
Ach, so ist das... ?

Immerhin wirst du jetzt aufpassen, dass du ihm nicht mehr versehentlich Hoffnungen machst...
Für deine Verhältnisse hast du ihn ganz ordentlich abgewiesen.
LASS DAS!
Du hast alles gehört?!
Ich bin doch immer in deiner Nähe.
Aber du hast ja auch mich, was hättest du auch sonst sagen sollen.
Das ist doch gar nicht der Punkt!!
Wie jetzt? Er hat alles mitbekommen?
Aber ich hab mich wohl richtig verhalten.

Und was soll ich Daikoku sagen?
Am besten erzähle ich ihm von Daisukes Liebesgeständnis.
Ah...
Ist was?
Schließlich ist ja eh alles so gekommen, wie er gesagt hatte.
Ähm... Hör mal...
Ich... muss mich entschuldigen.
Ich wollte es ja echt nicht glauben, aber...
... es ist genauso, wie du gesagt hast.
Und ich wollte einfach nicht auf ihn hören.
...
Deshalb...

...
Daisuke... Hoffentlich schaffen wir es, trotzdem noch so gute Freunde zu bleiben.
SEUFZ
Aber das wird sicher schwieriger als bisher.
!
WHUPP
Aoi...

...
Ich hatte absolut keine Ahnung, dass er so für mich empfindet.
Selbst als Daikoku das gesagt hat, wollte ich es nicht glauben.
Wie konnte ich das nicht bemerken? Wir kennen uns doch schon so lange...

AOI?!
Ähm...
Der Chef ruft nach mir, ich muss gehen.
Okay.
WHAMMM
WUSCH
...
Er ist...
TRIIIEF
TRAP
TRAP
TRAP
Er hat mir einen Korb gegeben...
... ja wirklich ein lieber Kerl, aber...

Ach so?
Aber bitte lass uns Freunde bleiben!
Ich bin immer für dich da, Aoi!
Daisu-ke...
Entschul-dige, dass ich dich in Verlegenheit gebracht habe.
Dass du mich als deinen bes-ten Freund siehst...
AOI, WO STECKST DU?!
HE!!
... macht mich irre glücklich!

Nein, gar nicht!
Widerlich nun wirklich nicht!
Oh nein.
Du bist doch mein bester Freund!
Wenn ich ihn abweise ...
Aber du empfindest etwas anderes für mich als ich für dich...
... verliere ich ihn vielleicht als Freund.
Ich kann deine Gefühle nicht erwidern.
Aber ich will ihn auch nicht anlügen.
Tut mir leid.

Nein! Also ich meinte nicht, dass ich es nicht SO meine...
ZOING
ZOING
Entschuldige.
Was mach ich nur?!
Warum entschuldigst du dich denn?
Das gibt's doch nicht, dass er wirklich in mich verliebt ist!!
Ich muss mich doch entschuldigen.
Dass ich dich die ganze Zeit mit diesen Augen gesehen habe...
... findest du bestimmt widerlich.

Tut mir leid!!
Ah... O... Okay...
Äh, nein, ich... Also...
So meinte ich das nicht...
ZOOOSCH
Was ...?!

Ich bin schon die ganze Zeit in dich verliebt, Aoi!
Arrrgh!! Tatsache!!
W... Waaah, was mach ich denn jetzt?!
Daisuke?
Ähm, ich...
Wie hätte ich ahnen sollen, dass Daikoku recht hat?!
T...
KNIRSCH

ZACK
Ich... bin in dich...
Äh...
He...
Ähm... Ich weiß, dass dir das vielleicht unangenehm ist, aber...
Der ist doch hinter dir her!
D...Das gibt's doch nicht?!
Aber... ich...
Äh, Moment mal, Daisuke!!
Ähm...
Dann hatte Daikoku also doch recht?!

Also... Ich will dich ja echt nicht ungefragt ausquetschen, aber...
Mh?
?
Du hast noch nie viel über dich selbst erzählt...
... aber ich... mach mir echt viele Gedanken... um dich...
AH HA HA!
Äh, das ist nicht nötig! Wenn es um diesen Gast geht, es ist echt alles okay!
HA HA HA HA!
Das meine ich nicht.
ZACK
Du... kannst mir doch vertrauen.
Äh...
Ich... bin doch in dich...

Aoi...
Können wir kurz mal reden?
Was?
Wieso?
...
Daisuke?
KLAPPER
Was bist du denn jetzt so förmlich?
Hat der Gast irgendwas zu dir gesagt?

Es gibt keinen lieberen Kerl als ihn.
Ich mach das schon mit der Bedienung!
Was?
A... Aber...
Geht schon okay!
Danke dir, Daisuke.
Warum will Daikoku das einfach nicht kapieren?
...

Aoi!!
Der Typ ist defini-tiv nicht normal!
VOLL GRUSE-LIG!!
Wie der mich bitterböse angestarrt hat!
O... Okay...
Was mach ich denn jetzt?
...
Daikoku wird nicht gehen, auch wenn ich was sage.
Was denkt er sich eigent-lich dabei?
Wegen Daisuke braucht er sich doch echt keine Gedanken zu machen.

Guten Tag!
...
W...
Was darf's denn sein?
GRUMMEL
...

Ist er nicht vielleicht doch ein Bekannter von dir?
Äh... Nein, ganz bestimmt nicht!
SCHLÜRF
Aber... er starrt dich die ganze Zeit an.
Ist wirklich alles okay?
NICHT DASS ER EIN STALKER IST?!
Lass mich die Bedienung erst mal über-nehmen, mach du ruhig hinten weiter, ja?
Was?
Und wenn was ist, sag gleich Bescheid!
D... Danke.
Er ist so ein guter Kerl.
OB DAS GUT GEHT...

CAFE
HAAAH
Was ist los? Schon k.o.?
NEIN, NEIN!
Äh... Nö.
Ach übrigens, dein Fensterplatzgast ist wieder da, Aoi.

Nein...
So nicht.
Weil...?
Ich hab den Job doch nicht wegen Daikoku angefangen.
Vergiss es.
He!
Na ja, einiges mehr an Lebens-mittelaus-gaben habe ich jetzt schon...
Aoi!
Aber ich wollte den Job ja gerne machen, das hat nichts mit ihm zu tun.

Jedenfalls wirst du diesen Job kündigen!
Hä?!
Ich lass dich doch nicht zusammen mit einem Typen arbeiten, der hinter dir her ist!
Ich kann doch nicht nach dem ersten Arbeitstag einfach kündigen!
Dann kündigst du eben!
Vergiss es!
Dann sorgst du eben dafür, dass sie dich rausschmeißen!
Red nicht so einen Unsinn...
Hilf mir lieber mal ein bisschen im Haushalt!
Immerhin habe ich nur angefangen zu arbeiten, weil...

Der Kerl...
... ist doch hinter dir her!
Der Kerl ...?!
Du meinst Daisuke?
Genau!
Das ist doch offensichtlich!
SCHWEB
Wie bitte?!
So ein Quatsch!
Er ist ein ganz alter Freund von mir!
Versteh doch nicht immer alles falsch!
Ich als Gott der Liebesbeziehungen werde es ja wohl am besten wissen!
Quatsch, Quatsch, Quatsch!
AH HA HA HA!
Sag mal...
Du machst dir echt zu viele Gedanken, immer dasselbe mit dir!
SEUFZ
Es ist die Wahrheit!!

...
Also echt, Daikoku !!
Warum tauchst du dort auf?!
UND SITZT DANN AUCH NOCH EWIG DA RUM?!
Der Chef und Daisuke sind schon misstrauisch geworden, so kann ich nicht arbeiten!!

...!
Sag mal, Aoi...
Ist der Typ da nicht der von neulich an der Uni?
Örgs.
Quatsch!
STARR
Ich kenn den nicht, wieso?!
Nicht? Aber er starrt dauernd so rüber.
Bestimmt nur, weil sein Tee noch nicht da ist!!
Na dann...
Oh Mann! Was will er hier?!
SOLL ICH DEN GAST ÜBERNEHMEN?
NEIN, NEIN, SCHON OKAY.
Daikoku...

PLUMPS
Also hör mal, Daikoku!
Was willst du denn hier?!
Aaah...
E... Einen Grüntee bitte.
Ausgerechnet, wo ich gerade angefangen habe, mich wie ein ganz normaler Student zu fühlen...
Einen Grüntee.
KLAPPER KLAPPER
Hab die Flyer fertig verteilt!
Ah, sehr gut!
...
STARR

W...
Was will Daikoku denn hier?!
...
Was ist los, Aoi?!
HAH
Das will ich jetzt echt nicht erklären müssen.
H... Herzlich willkom-men.
LÄCHEL
Ich tu einfach so, als wäre er ein Fremder.

Ein netter Chef, ganz normale Gäste...
BITTE SEHR, IHRE BESTEL-LUNG.
Niemand sagt komische Sachen zu mir...
So schön normal alles, das ist der Hammer!!
Herzlich willkomm ...
KLAPPER
KLAPPER
Äh...

Sophia
Herzlich willkommen!
KLIRR KLIRR
IN ORDNUNG, ZWEIMAL DAS MENÜ...
Na, so was, du hast das echt drauf mit den Gästen!
Und du lernst schnell!
Ach, na ja...
HA HA HA HA
E...
Es ist alles so schön normal hier! ♡

Toll, dass du gekommen bist!
Na klar, ist doch jetzt mein Job!
Ach ja... Stimmt!
Daisuke hat sich so für mich ins Zeug gelegt.
Wenn du Fragen hast, frag mich jederzeit, ja?
Er ist echt ein lieber Kerl.
Ich muss mich wirklich bei ihm bedanken.
Danke für alles, Daisuke!
ZOOOSCH
DANKE, DAISUKE... DANKE, DAISUKE. DANKE, DAISUKE

Hey!
Freut mich, dass du heute bei uns anfängst!
Danke, auf gute Zusammenarbeit, Herr Fukuchi!
Du wirst dir in der ersten Woche vieles merken müssen...
Das wird vielleicht etwas stressig, aber du schaffst das schon.
ARBEITSKLEIDUNG BEKOMMST DU MORGEN.
Okay!
Der Chef ist echt nett...
Ich muss mein Bestes geben.
Es gibt noch eine andere Aushilfe hier, die hat heute aber frei.
Aoi!

Ich komme noch rechtzeitig.
Seit ich mit dem Studium begonnen habe und alleine wohne, bin ich eh schon ganz schön im Stress...
... mit dem Hin-und-her-Fahren von zu Hause zur Uni.
JETZT WIRD ES NOCH ETWAS MEHR.
Aber ich habe mich halbwegs daran gewöhnt.
CAFE
Ich dachte, ich sollte vor Beginn des richtigen Berufsalltags ein paar Erfahrungen sammeln ...
Guten Morgen, ich bin Aoi.
... deshalb kommt mir das Jobangebot von Daisuke gerade recht.

Daisuke ist doch dieser Kumpel aus der Uni?!
Ja, wieso?
Mit dem arbeitest du nicht zusammen!
Hä? Wieso?
Na, weil er doch in ...
... DICH ...?!
Ich kümmere mich um ihn.
Du musst doch los, oder?
Äh... Ja.
DONK
Bis dann!
Also hör mal, hierge-blieben!!
Seit einer Woche sind Som-merferien.
Und heute fange ich den allerersten Job meines Lebens an.

Alles okay?
Vielen Dank...
uuh...
SCHEPPER
Ebisu!
Meine Güte, was ist denn hier am frühen Morgen schon für ein Lärm?
Du gehst arbeiten? Dann viel Erfolg.
So ein guter Kerl...
Vielen Dank!
RUMMS RUMMS
Halt, halt, halt, halt, halt !!

He, dieser Daisuke ist doch der, der öfter schon hier war, oder?
Mach mich jetzt los!! Ich komme echt zu spät!!
OH MANN!!
Ich kann mich doch nicht an meinem ersten Tag schon verspäten!!
Hilfe!! Kann mir bitte jemand helfen?!
Hilfe...

KAMISAMA★DARLING
KAPITEL
13

Ein Job?!
Wieso denn das?!
Blöde Frage.
Das geht dich gar nichts an!
Äh... Gyaaah?!
Whupp
Ein Wort für dich einlegt?
Ich hab bereits zugesagt! Wenn Daisuke schon extra ein Wort bei seinem Chef für mich einlegt...
Mh...? Daisuke, das ist doch...
Schluck
Mach mich los!!
Kapitel 13
Kamisama Darling

★KAPITEL 12★ENDE★

H... He, was... soll das?!
DAS WIRD JA IMMER SCHLIM-MER?!
Na ja...
Zur Feier des Tages, weil du mir endlich gesagt hast, dass du mich liebst!
HE HE HE
Hab ich gar nicht!!
Der rote Faden war ja verschwun-den, als der Unglücksgott ihn angefasst hatte...
So kann er ihn aber anfassen, so viel er will, das macht nichts mehr aus!
NA, NA, NA.
Das ist doch gar nicht mehr das Pro-blem!!
WHUPP
ÄCHZ!

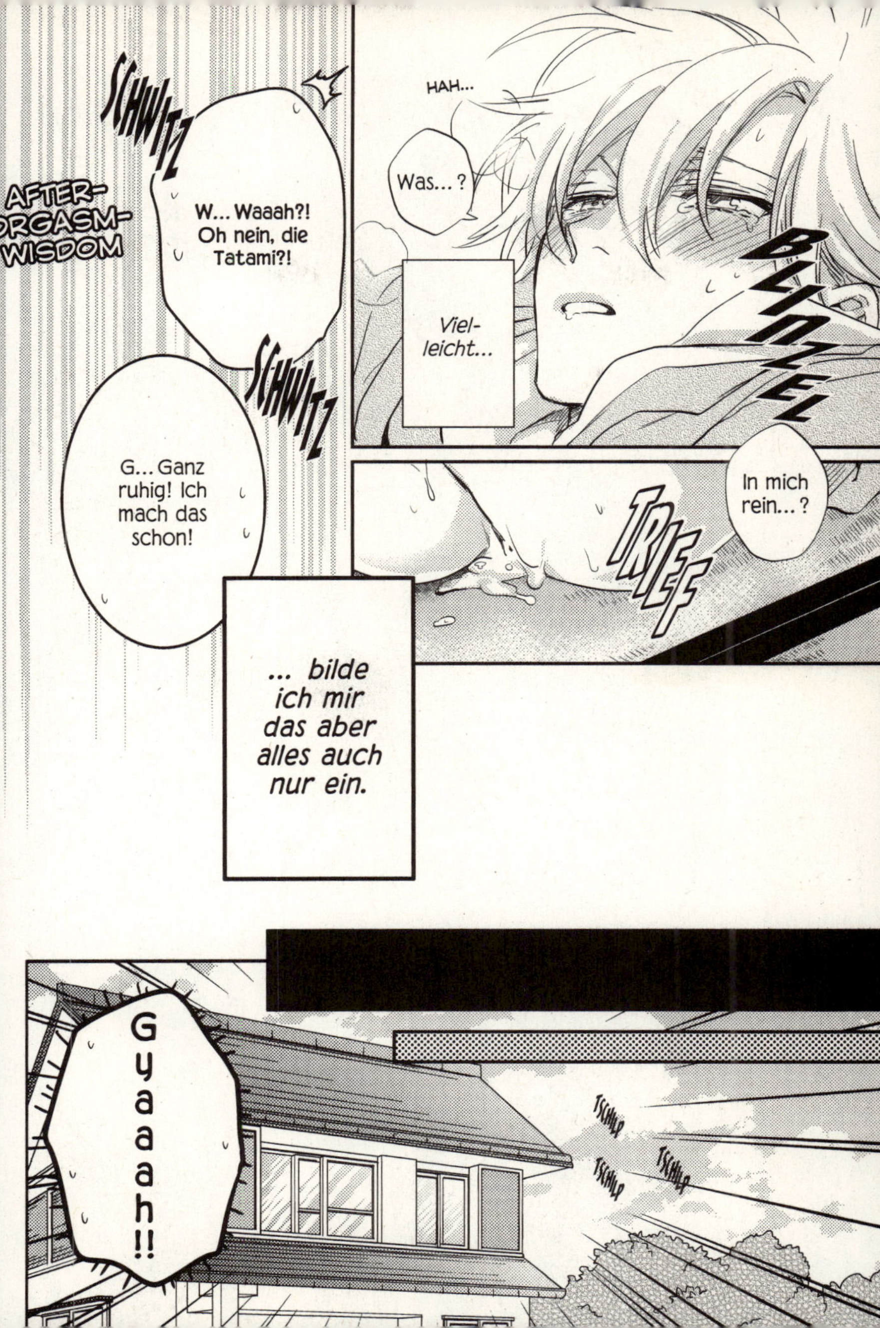
HAH...
Was... ?
Viel-leicht...
BLINZEL
In mich rein... ?
TRIEF
... bilde ich mir das aber alles auch nur ein.
SCHWITZ
W... Waaah?! Oh nein, die Tatami?!
AFTER-ORGASM-WISDOM
SCHWITZ
G... Ganz ruhig! Ich mach das schon!
TSCHILP
TSCHILP
TSCHILP
Gyaaaah!!

HAH...
WHUPP WHUPP
FLUTSCH
ZUCK
Uh...
Mmh!
Mh!
HAH...
HAH...
Aah...
Ich liebe dich.
Aah...!
Aaah!
ZUCK
...!!
ZUCK
ZUCK
Ich liebe dich, Daikoku.
Hah...
Hah...
HAH...
HAH...
Sorry...
HAH...
Hab in dich rein...

Das alles nur...
Daikoku...!
... weil es Daiko-ku ist.
Und weil ich ihn liebe.

FLUPP
Aoi...
DRÜCK
Ah...!
GLITSCH
AH...
Aoi...
FLUTSCH
Mmh...
FLUTSCH
Aaah!
Dieses Gefühl, ganz von ihm erfüllt zu sein, ist so schön...
Und wie es mich erbeben lässt, wenn er meinen Namen sagt...
Ah!
Aoi...
Ah!

Doch nicht... da...!
Das muss doch... eklig...
SCHLECK
GLITSCH
Aaah...!
ZUCK
Ni...
Ah!
GLITSCH
Obwohl das eine furchtbar peinliche Position ist...
GLITSCH
GLITSCH
Nein ...
ZUCK
Hah...
ZUCK
Sorry, aber heute will ich dich mal ...
... so richtig mit allem drum und dran schmecken, Aoi.
Mh!
... zuckt mein Unterleib wie irre vor Erregung.
Hah!

ZACK
...!
Was...
WUSCH
Ah...!
Wenn er mich be-rührt...
He...!
Sag mal?!
... britzelt meine Haut überall.
N...
Nicht... Mmh!
Das Gefühl wird immer intensiver und schö-ner...
SCHLECK
Ah!

Äh...
Das macht mich unfassbar glücklich.
SCHMATZ
Mmh!
Mh...
Ah...
SCHMATZ
SCHMATZ
ZUCK
Wenn er mich küsst, hab ich das Gefühl, meine Zunge schmilzt.
Dai... ko...
SCHMATZ

POFF
Ab nach Hause!
Waaaah?!
HE, MEINE SACHEN!!
FWUPP
WHAMM
Autsch!
RUMMS
RUMMS
RUMMS
DIESMAL SO RUM.
Auaaa...
... glück-lich...
Hä?
Dass du gesagt hast, ohne mich fühlst du dich einsam...

ZOOOSCH
!
Nein...!
Schau mich jetzt nicht an!!
...
...
Äh...
...lich ...
Was?

Hör mal, ich weiß doch, dass du mich liebst, Aoi.
D...
Das hab ich nicht gesagt!!
Okay, wie hast du das eben denn dann gemeint?
Was hab ich bloß gesagt?!
Ich... Also...
N... Nur so was wie, dass ich mich ein bisschen einsam gefühlt habe...
Ich wollte das doch gar nicht sagen?!
...
Ähm...
Daikoku ...?

Äh... Nein, also warte mal...
Ich meinte nicht...
Es ist mir einfach rausgerutscht, als ich Daikokus Gesichtsausdruck gesehen habe!
WAS...
Ähm...
Du konntest es also nicht ertragen, mich mit Kisshou zusammen zu sehen?
Warum...?
Es macht mir echt nichts aus...
... also...
Nein, ich...
So meine ich das nicht. Ist mir nur so rausgerutscht, ich...
UMPF!
WHUPP

Ich...
... könnte es nicht ertragen, wenn du mit irgendjemand anders...
... zusammen wärst!
ZOSCH
Hä...?
Huch...?
...
Was hab ich da eben gesagt?!

An all das, wo-ran ich...
DA GÄBE ES NOCH SO EINIGES!
... mich nicht mal mehr selbst er-innere...
... warum...
DRÜCK
Und warum sieht er dabei auch noch so glücklich aus?
I...
Ich...

Ich erinnere mich an alles von dir.
Auch an das, was du längst vergessen hast.
...
Daikoku ...

UND HAST MIR MILCH UND BROT GEBRACHT.
Du bist damals doch auch jeden Tag zu mir gekommen, als ich verwundet war...
Ja, weil...
... du doch verletzt warst.
Ich kann mich nicht genau erinnern...
Und ich dachte, ich muss dir...
... doch helfen.
... aber ich glaube, ich war schon sehr eifrig bei der Sache.
Sogar an Regentagen bist du gekommen.
Du hast mir einen Schirm gebracht und hattest den für dich selbst vergessen und musstest durchnässt nach Hause laufen.
Äh... Ach, echt, so war das...?
Ja, so war das!
Du erinnerst dich aber gut.
OBWOHL ES ECHT PEINLICH IST.
HE HE
Na, weil du das alles für mich getan hast, Aoi!

RASCHEL
RASCHEL
Wäre ich an jenem Abend nicht betrunken hier gewesen...
... wären wir uns vielleicht nie begegnet.
Tja.
Ich wusste erst mal nicht, was ich tun soll, als du dir gewünscht hast, bei den Mädels gut anzukommen.
Du hast dich echt kein bisschen verändert, seit du ein kleiner Junge warst!
Und genau diesen Aoi liebe ich.
Den Aoi, der immer zuallererst an die anderen denkt und immer freundlich ist.
Äh... jetzt übertreib mal nicht...

...
KRATZ
KRATZ
Du hast also alles gehört.
Äh, ja.
Ist echt peinlich, dass er gehört hat, was ich da gesagt habe.
DAS MIT DER FRAGE, OB ICH DAIKOKU HERGEBEN WÜRDE UND SO.
Tut mir ja leid.
Was?
Das mit Kisshou!
Aber so hat sie es wenigstens kapiert.
Ja.

Und... Also...
... wegen vorhin...
FLÜSTER
Danke... dass du mich retten woll-test...
Was?
WAS HAST DU GESAGT?
A...
Ach, nichts!
POFF
ENDLICH IST SIE WEG.
Sie ist weg.

Dann wickle ich euch so richtig schön mit dem roten Faden ein!
WICKEL, WICKEL!
Nein Danke!!
Er ist gar kein so übler großer Bruder.
STARR
Dann bleibt mir wohl nichts anderes übrig, als nach Hause zu gehen.
Aber das heißt noch lange nicht, dass ich das mit euch akzeptiere!
FWUPP
Äh... Okay...

Weißt du, ich hab dich wirklich gern.
Ich wünsche mir, dass du einen tollen Mann findest und mit ihm glücklich wirst.
POFF
Wie wär's denn eigentlich mit Bishamon?
SO SCHLECHT SIEHT ER AUCH GAR NICHT AUS.
Definitiv ...
... NEIN.
Ach, war ja auch nur ein Scherz.
Sag mir einfach, wenn du einen Mann gefunden hast, ja?

Und genau das ist es, was ich so an ihm liebe!
...!
Ich habe also abso-lut keine Chance ...?
Nein.
Obwohl ich dich schon so viel länger liebe...?
...
Nein.
Ich kann ohne Aoi nicht leben.

SAG MAL...
ARGL!
SCHNAUB
So ein Idiot, wie du einer bist, und ein Grobian und Wüterich noch dazu!
Dieser Junge hier...
... hat sogar eine Verletzung in Kauf genommen, um mich zu retten!
Du hast doch sicher selbst schon gemerkt, was für ein Mensch er ist!
Einer, der zu jedem freundlich ist und immer zuerst an andere denkt statt an sich selbst...
... und der jedem sofort hilft.

Aoi...
... du liebst Daikoku also?
Was?!
STAMMEL
STAMMEL
Äh... Na ja... Liebe ist ein großes Wort, aber ...
GRMPF
Jetzt red mal Klartext, du bist doch ein Mann!
He...
Aoi, zu einer wie ihr brauchst du das nicht zu sagen. Sag es mir!
Einer wie ihr? Was soll das denn heißen?!
SEUFZ
Ich frage mich echt, warum ich mich ausgerechnet in dich verliebt habe, Daikoku.

Daiko-ku... Wie lange bist du schon hier?
Örgs?!
Äh... Na ja... so ein Weilchen?
SORRY, ICH HAB ALLES GEHÖRT.
Du hast uns belauscht?!
Ich wollte doch nur Aoi hinterher!
Und als ich ihn gefunden hatte, warst du mit ihm hier. Ich hab mir eben Sorgen gemacht!
Wir haben doch nur ganz normal geredet!
Du bist so eine Glucke!
Ich hab mir nun mal Sorgen gemacht, Mann!
WAS IST DENN SO FALSCH DARAN?!

O... Oh, Aoi, hast du dir wehgetan?
Nein... Aber...
He!
Was sollte das denn?! Ich kann doch gar nicht stürzen!
ICH KANN JA FLIEGEN!
Ah... Stimmt ja.
Na, Hauptsache, du hast dir nichts getan, Kisshou-ten!
...
Ich hab mir aber was getan!
UND DU BIST MIR ZU SCHWER!
Ah, entschul-dige!!

Ah...
Oh nei...
...!!
RUMMS KULLER WHAMM
PLUMPS
Nanu?
KEIN HARTER AUFPRALL ...?
Auaaa...
Daikoku!

Ich werde auf keinen Fall...
WHUPP
SCHWANK
!
ZACK
GYA...
Kisshou-te...
RUMMS
...n!

...
... meinst du nicht?
WUSCH
Du hast recht.
Ein Wiedersehen mit Verstorbenen kann ich dir nicht ermöglichen.
Ja, das weiß ich doch.
DRÜCK
Tut mir leid, dass ich Unsinn geredet habe.
Aber... es ist... einfach falsch!

Aber indem ich meinen Wunsch an die Götter ausspreche...
... wissen sie immer-hin, dass ich...
... ich würde aber gar nicht wollen, dass nur ich das erleben darf...
... wo es doch so vielen Men-schen auf dieser Welt so geht.
... immer an sie denke und sie nie vergessen werde.
Es wäre doch un-fair...

Warum nicht?
Liebst du ihn so sehr?
Mehr als deine Eltern?
Hm... Also erst mal ist Daikoku ja kein Gegenstand...
... also kann ich auch nicht einfach über ihn bestimmen.
Ich wünsche es mir gerade deshalb, weil es nicht erfüllbar ist.
Außerdem würde es mich nicht glücklich machen, wenn ich sie nur unter dieser Bedingung sehen könnte...
... und meine Eltern würden sich darüber auch nicht freuen, da bin ich mir sicher.
...
Weil ich weiß, dass es nicht erfüllbar ist, mache ich mir auch keine Hoffnungen.
Ich gebe mir auch wirklich Mühe, es irgendwie ohne sie hinzubekommen...

Als ich noch klein war, ist meine Mama oft mit mir hierhergekommen.
Ich fand es schön hier, deshalb bin ich auch später noch gerne allein hier gewesen.
Nachdem ich umgezogen bin, war ich nicht mehr hier...
... aber es ist wirklich ein schöner Ort.
...
Du würdest mir Daikoku zurückgeben, wenn du deine Eltern wiedersehen könntest?
Also...
Ich würde mich wirklich freuen, meine Eltern wiederzusehen... Aber Daikoku gebe ich deshalb trotzdem nicht her.

Ähm...
Meinen größten Wunsch kannst du aber nicht erfüllen.
WIESO SOLLTE ICH DAS NICHT KÖNNEN?!
SCHWITZ
Wie bitte?!
GRMPF
Eine hübsche Freundin, einen Lotto-gewinn, du kannst alles haben!
Ich würde gerne meine verstorbenen Eltern wiedersehen.
Äh...
Ah, sorry.
Damit meine ich nicht, dass du mir das erfüllen sollst.

N... Na ja...
ICH MÖCHTE BEI DEN MÄDELS GUT ANKOMMEN!
HA HA HA...
Das war damals wohl so, ja.
Dann...
... würdest du auf Daikoku verzichten, wenn ich dir deinen größten Wunsch erfülle?
Äh...
Ich bin eine Göttin!
Ich kann Wünsche von Menschen erfüllen!

War das etwa...
... nachdem Daikoku Streit mit dem Un-glücksgott hatte?
Ja, ich glaube schon. Irgendwas in der Art hat er gesagt.
Und dass ihm niemand zu Hilfe kommen konnte, weil seine Aura nicht mehr zu spüren war.
Ach so... Dann hast du ihn ge-rettet.
War das echt so heftig?
WUSSTE ICH GAR NICHT.
Und du kommst öfter hier-her?
Ja... Früher sehr oft sogar.
SCHNAUB
Du wolltest be-stimmt immer Hilfe von den Göttern, ohne selbst etwas dafür zu tun, stimmt's?

...
Was machst du denn hier?
Äh... Ah, ich bin früher öfter hierhergekommen.
Aber hier bin ich auch Daikoku zum ersten Mal begegnet.
Hier?
Wobei ich mich gar nicht so genau erinnern kann.
Ich weiß nur noch, dass da ein verletzter Fuchs war, den ich verarztet habe. Wer hätte auch gedacht, dass er ein Gott ist?
...

RASCHEL
Oh...
!
Du ...?
Kisshou-ten ...

Und das nur, weil ich so betrunken war.
KNIRSCH
KNIRSCH
Wenn ich an dem Abend nicht betrunken hierher-gekommen wäre...
... wären wir uns gar nicht begegnet.
Ist das heiß...
Ich war früher oft hier.
Damals habe ich jeden Tag alleine dort hinter dem Schrein gespielt.

Da wäre es doch besser...
... er hätte als Partner jemanden aus der Götterwelt.
DRÜCK
RASCHEL
Ah...
Der Schrein, an dem ich Daikoku zum ersten Mal begegnet bin.

SCHLURF
Seufz ...
SCHLURF
Das ist doch nicht normal, ein Gott und ein Mensch!
...
Auch wenn Daikoku sagt, es würde keine Rolle spielen...
... es ist nun mal so... Ich bin ein Mensch und anders als er.
Es ist mir egal, ob du ein Gott oder ein Mensch bist!
Und ein Mann noch dazu.
Keine Ahnung, was es mit dem Blut (?) von Daikoku auf sich hat, aber vielleicht werde ich nicht für immer bei ihm sein.

Du bist so ein Idiot, Daikoku...!
Hey...
FWUPP
Oh Mann ...
W...
WAS HAB ICH JETZT WIEDER GETAN?
Was für eine blöde Situation.

Egal was du noch sagst, ich werde meine Meinung nicht ändern!
Weil ich Aoi liebe!
...
Und nicht dich.
Also hör auf, ständig über Yagami zu reden.
Sagte ich's doch!
Was?
Ich sagte doch, das ist nur wieder so eine Laune von dir!

A... Aber das ist doch nicht normal, ein Gott und ein Mensch!
Und dann auch noch ein Mann!
Das ist doch nur wieder so eine Laune von dir!
Ein Mensch, überleg mal... Die sterben doch gleich wieder und lassen uns alleine zurück!
Und dieser Aoi hat sich doch auch nur wegen dem roten Faden darauf eingelassen...
Kisshou!
Wie sollte er ausgerechnet dich...
Hör jetzt auf mit dem Scheiß!

Wo Daikoku wohl mit Kisshouten hin ist?
Na, egal, ich muss eh erst mal einkaufen.
Jetzt mal ernsthaft!
Was soll denn das, Daikoku ...?
Hoppla!
Ich sagte doch ...
Du liebst ihn doch nur, weil er Prinzessin Yagamis Inkarnation ist!
SCHLUCK
Neiiiin, eben nicht!!
Das hat mit Yagami gar nichts zu tun. Wie oft muss ich das noch sagen?!
!

Ein Job...
PEEP
Ich muss sowieso langsam mal ans Sparen denken.
Kommt mir eigentlich gerade recht, die Zeit der Arbeitssuche nach dem Studium wird einiges an Geld verbrauchen.
PUH
Aber Kisshouten ist mir gegenüber echt extrem feindlich gesinnt.
GRUMMEL
Mal Mittagessen machen ...
Ah!
Stimmt ja, ich muss erst einkaufen gehen.
Okay...
KLAPPER

Ähm ...
Sorry, aber warum schreist du denn so?
SCHWITZ
Äh! Tut mir leid, hier ist irgendein Ungeziefer!
Ungeziefer?!
BEB
BEB
Wie unhöflich von dir... Ich bin doch kein Ungeziefer?!
Nur Aoi kann doch unsere Stimmen hören!
LEISE!
Hast du denn solche Panik vor Insekten?
Soll ich rüberkommen?!
Nein, nein, nicht nötig!!
Okay... Sicher...?
Aber was er eben gesagt hat?!
Du sollst leise sein!
KLAPPER
AUA!
OH MANN...
Komm mal mit.
Was machst du denn?!
STRAMPEL
STRAMPEL
STRAMPEL
STRAMPEL
Ich rede heute mit meinem Chef und melde mich dann noch mal mit den Details!
Ah, gut, dann warte ich auf deinen Anruf.
BIS DANN!

Hör mir doch mal zu! Stimmt das denn überhaupt mit der Reinkarnation?!
Sagte ich doch!
GEH WEG VON MIR!
Ich hab es dir zigmal erklärt, dass es so ist!
Und überhaupt, komm hier nicht ständig einfach rein!
...
Aoi?
Ah, sorry.
Warum hast du das vor mir geheim gehalten?!
Ich würde gerne mehr über den Job wissen!
Echt jetzt?!
Hab ich doch gar nicht, es geht dich nur einfach nichts an!
Als der Job...
KLIRR
Das nervt!!

Ein Job?
Ja.
Mein Kollege musste plötzlich kündigen.
Jetzt haben wir zu wenig Leute und in den Sommerferien haben wir viel mehr Gäste.
Du hast doch mal gesagt, dass du dir einen Job suchen willst?
Ja, stimmt …
Bitte!
Ich weiß nicht, wen ich sonst noch fragen könnte!
Na ja, ich hab in den Sommerferien eh nichts vor.
WARUM NICHT…?
Was ist das denn für ein Job, Daisuke ?
In einem Café!
Es gibt dort eine Mittags- als auch Abendkarte. Du könntest also auch nur tagsüber arbeiten!
Aha…

KAMISAMA★DARLING
KAPITEL
12

Dann will ich auch mal ...
POFF
... !! ♡♡
Gefalle ich dir in dieser Gestalt, Prinzessin?
ZOOOSCH
H... He, Aoi?
Ich fürchte, es ist schon wieder ein Gott dazugekommen...
... aber so sind die alle echt süß! ♡
Ich liebe euch! ♡
Das solltest du mal zu mir sagen!!!
★KAPITEL 11★ENDE★

Also echt! Du kannst doch eine zarte Dame wie mich nicht so grob behandeln!
SCHNAUB
Hä?! Bist du das, Kisshouten?!
SCHLÄNGEL
Ja!
SCHLÄNGEL
Wow... Ich hab noch nie eine weiße Schlange gesehen!
Du bist wunderschön!
Du bist aber ein lieber Junge!
DANKE!
Hey, hey, freunde dich mit der lieber nicht an!
Ach, du liebst Tiere, Prinzessin?

He... Lass mich runter!
Sie kennt Yagami also auch?
Was soll das denn heißen? Ich verlange eine Erklärung!
Wer war diese Prinzessin Yagami bloß...
Oh Mann, halt einfach die Klappe!
... wenn sie mit so vielen Göttern vertraut war?
Lass mich los!!
Dann hör auf, um dich zu schlagen!
POFF
Ver-dammt!!
Lass mich...
... los... !!
Argh!!
He!!

Prinzessin... nennst du ihn?
Wieso das denn?
Ich dachte, du nennst nur Yagami deine Prinzessin, Hotei?
Aoi ist ja auch Prinzessin Yagami!
Auch wenn er in dieser Inkarnation anders aussieht.
WU PP
Hört mal!!
Ihr wisst jetzt Bescheid...
... also geht nach Hause, Kinder!

Du bist echt komisch.
KOMISCH?!
Was?
Nicht nur dass du uns sehen kannst...
Das liegt daran, dass er mein Blut getrunken hat.
Wieso hat er denn dein Blut ge-trunken?!
Na, weil! Er ist doch meine...
Prin-zessin.
POFF
Bekomme ich heute endlich eine positive Antwort?
ARGH!
NICHT DU AUCH NOCH!!
Hotei...!

Du hast schon zigtausende von Frauen gehabt und haufenweise davon gleichzeitig!
Da wäre es doch wohl kein Wunder, wenn du jetzt auch mehr als eine Geliebte oder Braut hättest!
Das habe ich alles mitbedacht!
Alles mitbedacht ...?!
MEHR ALS EINE...?!
GLEICH-ZEITIG?
...
Was bedenkst du denn alles einfach mit?!
GEHT'S NOCH?!
Und ich hab mich schon gefragt, was das für ein Typ sein muss, wenn Daikoku jetzt schon nicht mal mehr vor Männern Halt macht.

Also wirklich, du bist echt gemein, Daikoku!
Wie kannst du eine blutjunge Dame wie mich eine ganze Nacht an so einem Ort zurücklassen!
Am Abend zuvor
HEEE, LASS MICH HIER RUNTER!
SCHNAUB
SCHNAUB
Blutjung, von wegen!!
Geh in deinen eigenen Schrein zurück, hopp, hopp!
Ich hab dir doch gesagt, Aoi ist meine Braut!
Soll das ein Witz sein?!
Hä?

BAMM
HAH ...
Ich könnte doch Nein sagen, wenn ich nicht will...
HYAH ...
FLUTSCH
HAH ...
HAH ...
... aber ich tu es nicht.
FLUTSCH
BAMM
AH...
Dai... ko...
Hah...
Ah... !
FLUTSCH
FLUTSCH
ZUCK
Wie kommt es nur...
... dass es mir allein schon genug ist, wenn ich Daikoku damit eine Freude mache?
Aoi...

... bin selbst ganz überrascht, dass ich das tue.
Hah... Du weißt ja gar nicht, wie heiß du mich machst.
Uh...
Ich kann ihm einfach nichts abschlagen.
Und dann ist es schon passiert...
Darf ich ihn reinstecken?
HAH
...
MH...
MH...
GLITSCH
FLUPP
Ah!
ZUCK
MH!
AH!

Aoi...
Fass mich an, bitte.
Äh...
Spürst du es?
ZERR
Äh, he... Uah!
ZUCK
Komm schon, du hast doch selber so ein Ding.
GLITSCH
Hah...
Er ist ganz glitschig und heiß...
Das... fühlt sich gut an...?
Ich...
...!

...
Was ist?
Sei doch nicht so schüchtern.
KNÖPF
Auch wenn ich es nicht zugeben will...
... ich fürchte, es ist so.
SCHMATZ
WUSCH
ZUCK
Ich liebe Daikoku ...
Mh...

... kann ich ihm nicht böse sein, wenn er mich so ansieht.
WAAAH!
FWUPP
Machen wir im Bett weiter!
DA IST ES GEMÜTLICHER.
N... Nein! Lass mich runter!
Mach ich doch gleich!
GYAAAH
PLUMPS
So gut?
Heißt das etwa...
... dass ich Daikoku...
...
... tatsächlich liebe...?

I... Ich hab's getan!
Ich dachte, ich tu es ungern, aber irgendwie...
Gar nicht mal so schlecht!

Dazu braucht es echt meinen ganzen Mut.
BADUM
Aoi...
Bitte, nimm mir meine Zweifel.
BADUM
BADUM
!
...
BADUM
Wie fängt man über-haupt an, jemanden zu küssen?
Na?
Ach ja, man dreht das Gesicht so zu sich ...
Da muss ich wohl jetzt durch...
... auch wenn ich es echt ungern tue... Oh Mann.
WUSCH

Waaas?!
WAMM
Mh!
Wieso muss es?!
Ist doch ganz einfach?
Ich hab dich schon zigmal geküsst.
Warum?!
Ich geh nicht weg, bevor du mich nicht geküsst hast.
Mag ja sein, dass wir uns schon zigmal geküsst haben...
Komm schon.
... aber es ist doch noch mal was anderes, wenn ich die Initiative ergreifen soll.

Wie soll ich denn da keine Zweifel kriegen?!
UUUH
Du hast ja noch nicht mal jemals richtig gesagt, dass du mich liebst!
Warum muss ich so was denn auch sagen?!
UND WAS HEISST/HIER »RICHTIG«?!
Das fragst du noch?!
Und geküsst hast du mich auch noch nie von dir aus!
Was ...?!
H... Hab ich wohl! Als du neulich verletzt warst!
Hä? Du meinst, der Kuss auf die Wange? Der zählt ja wohl nicht!
LÄCHER-LICH!
TIPP
TIPP
Küssen muss doch drin sein, wenn du mir schon nicht sagen kannst, dass du mich liebst!

I... Ich hab's ja schon ver-standen!
Was denn?
Das reicht jetzt!
Wieso?!
Wenn er weiter solche Sachen sagt, werde ich ganz rot.
Und überhaupt...
... diesmal warst eigentlich du derjenige, der mir Angst gemacht hat!
Was?!
ALSO ECHT!
Bishamon zu erlauben, über dich herzufallen!
Äh... Aber das!

Ich bin mir absolut sicher, auch wenn ich als Mensch geboren wäre...
... ich würde dich genauso lieben.
Für mich gibt es nur dich, sonst nie-manden.
Uh...

Du hast schon recht ...
Wir sind unterschiedlich, ich ein Gott, du ein Mensch.
Normalerweise würden wir Götter keinen direkten Kontakt mit Menschen pflegen.
Ich weiß das doch selbst am besten.
Aber...
... mir ist das so was von egal, ob Gott oder Mensch!
Ich denke nicht mal darüber nach, so sehr liebe ich dich, Aoi!
Daikoku ...

Sorry... Ich hab Unsinn geredet.
Nein, nein, gar nicht!
KRATZ
KRATZ
...
Argh...
Oh Mann, warum muss das immer so laufen?
W... Was?
Ich will doch, dass du dir meiner Liebe sicher bist!
Äh... Ach Quatsch...
Ich bin es doch, der jedes Mal den Grund dafür liefert, dass du Angst bekommst!
Ich hab es einfach nicht drauf!

...
Oh nein... Jetzt wird er bestimmt sauer...
POFF
Ich will wirklich nichts von ihr, ganz im Ernst.
Aber es tut mir leid ...
... falls ich etwas getan haben sollte...
... das dich an meiner Liebe hat zweifeln lassen.

Aoi?
Es lief nie was zwischen euch, also muss sie etwas ganz Besonderes für dich sein!
Warum musste ich damit anfangen...
Ich will ihm doch gar keine Vorwürfe machen.
Es wäre doch eh besser ...
... du würdest dich für jemanden entscheiden, der der Götterwelt angehört, so wie du!
Ich will das alles doch gar nicht sagen.

SCHWUPP
Wieso lässt du den denn einfach ran, sag mal?!
Hab ich doch gar nicht!
Ich wollte doch nur, dass er mich nach Hause bringt!
A... Außer-dem...
... warst du doch mit diesem Mädchen beschäftigt ...
Hä?
Ich sagte doch, zwischen uns lief nie was!
Das ist es ja gerade!
Was?

WUSCH
?!
Daiko-ku!
Also echt, kaum lässt man dich mal eine Sekunde aus den Augen, vergreift sich schon einer an dir!
Arrrrgh!
MUSST DU MICH GLEICH ZU BREI SCHLA-GEN?!
Selber schuld.

B...
Bishamon ...
Ähm...
Ich will doch aber gar nichts von dir...
Versuchen kannst du es doch wenigstens mal!
SCHMATZ
Wah! He, warte, warte doch mal!
LOSLASSEN!
Entschuldige.
Ich wollte eigentlich ein Gentleman sein.
FWOCK
Argl.

Daikokuten tut das immer so ab.
Aber Kisshouten meint es ernst.
Äh...
Nimm mich, Aoi!
Bei mir brauchst du dich nicht mit solchen Zweifeln zu plagen!

Wir sind da.
Danke...
Schon okay.
Machst du dir Gedanken wegen den beiden?
Ähm...
Bishamon?
DRÜCK
Na ja... Also...
VOR ALLEM, LASS MICH MAL LOS.

Bishamon... Kannst du mich bitte nach Hause bringen...?
Ä... Äh, klar, wieso nicht, aber...
Willst du das denn?
Ich weiß auch nicht, aber...
... ich kann mir das mit den beiden nicht länger ansehen.
Ja.
Okay.

POFF
Aoi!
Ein Glück, du bist also hier!
Bisha-mon?
Es tut mir leid, ich hab mich von Kisshou-ten einfach überrumpeln lassen.
Schon gut.
Das...
... macht doch nichts, nur...
Ein bisschen neidisch macht mich das schon.
Aoi...?

Sie spricht völlig unverblümt ...
... liefert sich Wortgefechte mit ihm...
... und behauptet vor allen Leuten, seine Verlobte zu sein...
Und wenn er, der sonst von keiner Frau die Finger lässt, mit ihr wirklich nichts hatte...
... muss sie doch erst recht etwas ganz Besonderes für ihn sein.

Man kann viel einfacher durchbrechen als früher.
Was hast du denn auch für Megakräfte, du Gorillaweib?!
Man bezeichnet eine Dame nicht als Gorilla!
HMPF
Eine Dame bricht auch nicht einfach durch Häuserwände!
Die scheinen immer so zu streiten.
Wenn du so miese Wände hast!
SO EIN QUATSCH!
Also doch jemand, mit dem er sehr vertraut ist.
Er kennt sie ja auch von klein auf.
Und eine Göttin ist sie auch noch.
Kein Wunder also...

...
Mach sofort auf!
He, Daikoku!!
Ich dachte, sie kommt hier nicht her?!
Rein kann sie nicht so einfach.
KRACKS
KNIIRSCH
BRÖCKEL
KRACKS
Hab ich dich gefunden, Daikoku! ♡
LÄCHEL ♡
ARGH!!
Mein Haus!!

Das macht mich total an.
Äh?!
Wah!
ZACK
He!
Wolltest du mich nicht eben anziehen?!
DANN ZIEH MICH JETZT NICHT AUS!!
Das gibt einen ganz neuen Kick!
Also echt, hör doch mal auf jetzt!
Daikoku ...!
Und ein Kimono ist so schön schnell ausgezogen.
Daikoku?! Du bist doch da drin?!
BAMM
BAMM
BAMM

Lass mich das machen.
WUSCH
O... Okay...
ZACK
...
Der Kimono steht dir gut.
Hä?
Ich hab dich noch nie im Kimono gesehen.

HAH
Moment mal!!
Ich benehme mich ja, als wäre ich eifersüch-tig?!
Nein, nein, nein...
...
Was denn?
Der Kimono rutscht dir run-ter.
E... Er ist nur etwas groß, ich wollte nicht auf den Saum treten.
Binden wir ihn mit dem Gürtel et-was hoch.
EIN BISSCHEN NACH OBEN SCHÜRZEN.

Ich hab schon auf sie aufgepasst, als sie noch ein Baby war.
Sie glaubt wohl, ich würde das immer noch tun.
Aber Ebisu hat doch gesagt, du hättest jede gehabt, die du haben konntest, also...
Dieser Dreckskerl.
Mit ihr war jedenfalls nie was!
Sie sieht wahnsinnig süß aus. Schwer zu glauben...
... dass er ausgerechnet von ihr die Finger gelassen haben soll.
Na, ich weiß nicht.
UND ÜBERHAUPT, ICH VERGREIF MICH DOCH NICHT AN KLEINEN MÄDCHEN!
Und sie scheint ja durchaus etwas Besonderes für ihn zu sein...

Hier kommt sie nicht rein.
Denke ich.
Denkst du?
Wer ist denn dieses Mädchen?
ICH KONNTE SIE NICHT MEHR FRAGEN...
Ach so, ja... Kisshou-ten ist so was wie eine kleine Schwester für mich.
Schwester?
WUSCH
Wieso redet sie dann von Heiraten?
Ich sag doch, sie behauptet das nur immer!
Schon seit sie ganz klein war!
Du weißt schon, wie kleine Kinder, die ihren Eltern immer sagen, sie wollen sie heiraten, wenn sie mal groß sind!

Daikoku ...?
Wir müs-sen jetzt mal...
Äh?!
FWUPP

Wie auch immer!
Du kannst doch nicht einfach in fremde Schlafzimmer kommen!
Ah!
WUTSCH
Aoi ist noch nicht mal ange-zogen, also verschwinde von hier!
POFF
ZACK
Hey!
SEUFZ
Oh Mann...
Ä... Ähm...
Wir müssen sofort von hier weg, Aoi!
Äh... Okay...

Quatsch!!
Hör mal, Kisshou! Aoi ist doch schon meine Braut!!
Der ist doch ein Mann.
ICH PACK DAS NICHT...
Willst du mir sagen, der Ookuninushi no Mikoto hat einen Kerl zur Braut?!
Wieso denn nicht?!
Hm? Aber...
... Daikoku hat doch immer zu jeder Frau Ja gesagt.
Also sicher auch zu ihr...

Daiko-kus...
... Verlobte?!
Äh, wie, Verlobte ...
Red nicht so einen Blödsinn, ich kann mich nicht erinnern, dass ich Ja gesagt hätte!
Er hat eine Verlobte...?
Dieses Mädchen ?!!
Du kannst das nicht einfach behaupten!
Benimm dich doch mal anständig...
... und komm schnell nach Hause, damit wir endlich heiraten können!
Aoi, versteh das jetzt bloß nicht falsch! Kisshou-ten ist meine...
Verlobte!

Ich bin Kisshouten!
SAG BLOSS, DU HAST NOCH NIE VON MIR GEHÖRT?
Sag mir jetzt aber lieber mal, was du hier machst, Daikoku?
Wo ich, deine Verlobte, doch zu Hause auf dich warte!
Hä? Fang doch nicht schon wieder damit an...
Ähm...
V... V... Verlobte?! Waaaas?!
LASS DEN SCHEISS!!
Wie meinst du das?! Wir sind uns doch versprochen!!
Oh Mann, halt die Klappe und hör auf mit dem Theater!!

STARR
LASS MICH, DUMMES WEIB!
ACH KOMM, ICH BIN EXTRA WEGEN DIR HIER!
Kisshou!! Wie hast du mich überhaupt gefunden?!
LASS LOS!
GYAH
Ich hab Bishamon gefragt und er hat es sofort ausgespuckt!
Ausgespuckt ...?
Wer ist denn dieses Mädchen?!
Ä... Ähm...
Daikoku... Wer ist das?
Oh, na, so was, du kannst mich ja wirklich sehen?
J... Ja...?
Ah, Aoi, das hier ist...

FWOPP
Gyaaaah!!
Was soll denn das, Aoi...
Lass mich doch noch ein bisschen schlaf...
Orgs.
Endlich sehen wir uns wieder, Daikoku! ♡
WUPP
Argl!

*Nackt.
Hä?
W... Waaah?!
WER BIST DU DENN?!
Sag mal, Daikoku...
... wie lange willst du noch pennen?!

DRÜCK
UUUH
I...
Ist das süß.
Na, na, du benimmst dich ja wie ein kleines Kind!

Wah... Bin ich erschrocken...
BADUM
CHRRR
BADUM
Ach, stimmt ja.
Gestern ist Daikoku über mich hergefallen und dann sind wir eingepennt.
BADUM
BADUM
BADUM
WISCH
WISCH
Mmh...
KULLER
Irgendwie komme ich selten in den Genuss, Daikoku schlafend zu sehen.
Normalerweise schläft er nach mir ein und wacht vor mir auf.
Eine echt seltene Gelegenheit.
TOUCH

KAMISAMA★DARLING
KAPITEL
11

Aah... schon Morgen...
SCHNRGL
Oh, ich kann meine Hände bewegen. Hat er mich heute etwa nicht verschnürt?
...
BLINZEL
Hach, was für ein friedliches Aufwachen...
KAPITEL 11
KAMISAMA★DARLING
... NICHT!!!
ZZZ
ZZZ

★INHALT★

Kamisama☆Darling 4

Kyoko Aiba